KB230549

장정희 시집
어머니 당신은 눈물입니다

국립중앙도서관 출판시도서목록(CIP)

어머니 당신은 눈물입니다 : 장정희 시집 / 지은이: 장정희. — 서울 :
한누리미디어, 2011
     p. ;   cm

ISBN 978-89-7969-389-8 03810 : ₩8000

한국 현대시[韓國 現代詩]

811.7-KDC5
895.715-DDC21   CIP2011001470

장정희 시집

어머니 당신은 눈물입니다

한누리 미디어

태동의 계절
빛살 고운 날
이렇게 또 다시 독자분들과
재회를 한다는 것이 기쁘고
이 사람이나 독자 모두가
시인의 감성으로
시를 공유할 수 있다는 것이
행복하고 감사할 따름이다
졸음(拙吟)이지만
독자와 나의 영혼에
쉼표가 될 수 있는 글이 되었으면 좋겠다

2011년 4월 청명일

제자의 시를 읽는 홍복(洪福)

　나에게는 시인인 제자가 몇 있다. 빛과 맛이 각각 다른 열매이
듯 시인 장정희군도 그 가운데 하나다. 군은 만 3년만에 제2시집
《어머니 당신은 눈물입니다》를 출간한다. 제1시집《그대 가슴엔
우체부가 없다》에서 보여준 범람하던 격정의 파고나 주기가 상
당히 완화되었음을 본다. 내 안의 존재가 아니라 내 밖의 존재가
된 사랑이기에, 한 송이 눈(雪)에서도 그 실체를 손길로 느끼고,
끝내는 내가 쓰는 연서의 수신자는 사랑 자체가 되었다. 이같은
변화는, 가장 큰소리는 들리지 않고 가장 밝은 빛은 보이지 않는
이치를 조금씩 알아가는 자기치유가 낸 효과라 할 수 있겠다.
　그러기에, 시인은 감성적 감동만큼 지성적 감동도 소중한 것임
을 깨달아 가고, 다양한 존재 양상만큼 그 발견에의 방법도 다양
해져야 함에 눈 귀를 크게 열어가고 있다. 네가 나를 볼 수 있는
창이 되고픈 절대의 고독, 눈물 없이 우는 매미의 가인(假仁), 편리
와 반비례하여 초고속으로 무너져 내리는 인간 본연의 성(城), 눈
먼 자의 지팡이 끝에서 열리는 길을 응시하는 참여적인 시인의
분노가 오늘을 사는 우리 모두의 정서임을 일깨우고 있다.
　또한, 시인은 고도로 발달된 촉수로, 개나리에서 발광하는 샛
노란 전류를 감지하고, 몸을 푸는 만삭의 하늘과 그 씨앗을 보듬

는 대지와의 오묘한 조화나 들판에 핀 꽃들이 저마다 잎새에 새기고 있는 존재의 의미도 발견해 준다. 나아가, 시인은 바다 앞에서는 '누구의 마음이나 포개어짐' 을 보고, '구름턱에 걸터앉아/ 바다에 발 담그고' 는 구름과 동화되는 자유와 물결과 일체되는 평화를 느낀다. 이같은, 지고지순한 순수에의 갈망이 시인으로 하여금 시를 쓰지 않고는 못 배기게 하는 원동력으로 보여진다.

더구나, 그 순수에의 원천을 '어머니!/ 당신은 이제/ 나의 눈물입니다' 라고 어머니의 눈물이 나의 눈물이 되어 다시 마르지 않는 샘물로 솟을 것임을 노래하였다. 이같은 노래는, 대지를 적시고 생명을 일깨우는 봄비의 혜택조차 받지 못하는 자신의 존재를, '는개비 속에/ 물초된 산 새 한 마리' 로 표현하여, 엄숙한 자신과의 대면에서 나찾기 · 사람 찾기에의 지난한 소산물이라고도 하겠다.

시로 성공하는 비결은 잘 모르나, 시도 사람만큼만 결과 되리란 사실은 안다. 군이 말한 대로, '시를 들여다보아라/ 거기에 막 깨어난 들판이 있고/ 하늘과 바다로 이어지는 길이 있다' 는 이 말, 그것은 시인이 시인에게 던지는 화두요, 장정희가 장정희에게 가하는 채찍임도 안다.

그러나, 비는 말의 말미에, 또 초심(初心)을 잃지 않는 시심으로 군이 본 시(詩)의 세계를 열어가길 간절히 빌며, 출간을 축하함이 곧 나의 홍복이기에 거듭 고마운 정도 둔다.

2011년 4월 일

경북대학교 명예교수 · 문학박사 **권 태 을**

1부 햇살 좋은 날

2부 서러움

차|례

3부 꿈을 엮는 밤

4부 사랑이 온다면

차례

5부 우리는 가고 있다

1부
햇살 좋은 날

생각 하나

인간이 가장 자유로울 수 있는 것은
아낌없이 사랑하는 것이고
인간이 가장 행복할 수 있는 것은
더 많이 사랑하는 것이다

자유와 평화

파도를 타고
수평선에 걸려 있는
구름턱에 걸터앉아
바다에 발 담그고
하늘을 보자
나의 몸은 구름 따라 흐르다
자유가 되고
마음은 바다에 젖어
평화로 물결친다

햇살 좋은 날

설핀
여린 햇살은
실버들 가지 위에 나불거리고
실개울 은빛 비늘로 물결치다
결 고운 무지개 빛살을
하늘에 삼는다

조심스럽게 두 팔을 벌려
실타래에 빛살을 감아다가
개나리 백목련 모란과 해당화에
산제비나비 한 마리 새겨놓고
창공에 종다리 한 쌍 띄워 본다

나의 집엔

나의 집 정원엔 계절이 오지 않는다
나의 집 정원엔 계절이 가지도 않는다

나의 집 창을 두드리는 이 없으니
창은 걸쇠를 푸는 방법을 잊은 지 오래
내가 기다려야 할 이 없으니
커튼은 움직임을 잊었다

적막 속에 홀로
거실을 돌던 시간은
내가 쌓아놓은 돌탑에
목 눌려
죽어 버렸다

그곳에 가면

보일까요
그날
바람 사위 강둑 아래로
원앙이 입맞춘 고운 노을을

들을 수 있을까요
뒷산 기슭 너울 따라
소치는 까까머리들의 휘파람소리를

찾을 수 있을까요
패랭이꽃 향기에 취하여
아이의 손가락에 끼워 주었던
꽃반지의 언약을

그곳에 가면
만날 수 있을까요
감자밭 고랑 고랑마다 서린
해풍 같은 내 어머니의 내음을

갈매기 하나

갈매기는
기럭지 없는 수평선
망망 한이 드리운 창해가
삶의 터전이다

갈매기는
잣대로 꽂을 수 없는 심천
눈길 닿지 않는 창천이
영역이다

눈 먼…
갈매기 하나
쉬임 없는 자맥질로
바다에 발자욱을 찍는다

눈 먼
그 갈매기
날갯깃 헤지도록
창공에 선을 긋는다

자존심

등불 없이도
이놈 저놈의 얼굴이
맑은 잔 속에 어제 같은데

잔설 몰아쳐
창문은 제 몸 하나 지키겠다고
옴짝도 하지 않는 밤
난 세 평 굴퉁이에서
선풍기를 돌린다

뻣뻣한 자존심은
한잔 술에
눈물로 뼈를 녹이고

내 서러움은
도끼에 장작 쪼개지듯 쪼개져
아래로 세 번 위로 세 번 탄다는
그놈의 보일러 없이도
쪽방은
천불에 활활 탄다

탁주 한 사발

너에게 어떤 여인이 이렇게 부드러운 적이 있더냐
너에게 어떤 친구가 이렇게 진실한 적이 있더냐
네가 입은 상처에 이보다 더 좋은 묘약이 또 어디 있더냐

이 한 사발에
사랑은 더욱 빛나고
이 한 사발에
원망은 눈 녹듯 사그라지고
이 한 사발에 솟구치는 용기는
세상을 너의 발 아래
서슴없이 무릎 꿇리지 않느냐

고독

한 가지만 생각하는
삶이었기에
그
하나로
고독하였습니다

한 사람만 생각하였기에
고독하였고
한 사람을 보지 못하여
고독합니다

고독하기에
그 사람을 잊지 못하였고
그리하여
다른 이를 알지 못하였기에
고독합니다

외로움 소곳하니
고독하고
지워지지 않는 고독이 미워 지쳐
고독합니다

사랑 · 1

간밤에 내린 눈이
세상을 다 지우고
나에게
순백의 세상에다
새로운 세상을 그려보라 합니다
사랑!
두 자로
다 채웠습니다

아름다운 세상

봄날 사랑에 취하여 패랭이꽃 품 안에서 졸고 있는 나비
엄마의 무거운 시름 댓바람에 날려 버리는 아기의 미소
떠나버린 사랑을 위하여 기도하며 흘리는 여인의 눈물
먼 길 돌아온 친구의 어깨를 말없이 토닥여주는 부드러운 손길
지하보도 찬바람에 무릎 꿇은 사람의 어깨 위에 떨어지는 동전소리
죄 지은 자가 채 떨어내지 못한 눈물 망울에 비친 하늘
작은 운동장에 퍼지는 아이들의 하늘찬 웃음소리
골목길 주정뱅이의 콧노래에 사랑 노래 흐르고
옆집 아주머니 악다구니 속에도 사랑은 묻어 있다

예배당 없이도 사랑의 기도 넘치고
산사 산길 멀어도 믿음은 도시에 가득하다

창이 되고 싶습니다

창이 되고 싶습니다
당신들이 다 들여다볼 수 있는

창이 되고 싶습니다
당신들에게 다 보여줄 수 있는

창이 되고 싶습니다
당신들의 바람을 막아줄 수 있는

창이 되고 싶습니다
구름과 바람과
따사로운 햇살이 비치는
당신의 창이고 싶습니다

창이 되고 싶습니다
그대들의 손때 묻은 창
그리하여
나에게 부딪혀 상처 입는 이 없는 창

여러분의 손자욱이

나를 보호하는 창

나와 당신이
다 보이는
창이 되고 싶습니다

껍데기들이여 안녕!

햇살은 차지 않고
바람이 산들 불어
물결은 급하지 않은 날

난 알몸이 되어
강물에 몸을 던지리라

아!
꿈꾸던 여행을 떠나리라

오롯이 자유를 위하여
물결이 되리라

껍데기들이여,
영원히 안녕!

사랑 · 2

사랑을 하면 눈이 머는 것이 아니라
눈 먼 후에야 사랑이 보인다

웃음꽃

꽃이 되자
핏빛 정열에
장미꽃이 되자

꽃이 되자
따스한 입맞춤에
하얗게 질려 버린
백합이 되자

꽃이 되자
세상을 밝히고 돌고 돌아
제 몸 살라 등불 밝히는
해바라기 꽃이 되자

그러나 꽃중에 꽃
웃음꽃만 하리냐

영혼까지 향기가 파고드는 꽃
덤으로 사랑의 열매가 열리는 꽃
척박한 땅에선 더욱 빛나는 꽃

물을 주지 않아도
비가 오지 않아도
시들지도 않고
피고 지지 않는 꽃
시절 없이 피어나는 꽃

한 번의 눈짓에도 이름 모를 가지에 꽃을 피우는
꽃중에 꽃
웃음꽃이 되자

연

내가 지은 밭뙈기 꿈이 여물어
자식놈은 고시에 걸리고
딸아이는 서울 강남 모래밭에 또아리를 틀었지만
나의 혼은 동구 밖 전선 위에
연으로 걸렸다

사랑은

사랑은 눈물과 고통이거늘
정작 저 자신은 영원히 아름다운 어구로 남는다

하늘이 비를 내리면서
저 자신은 젖지 않듯이

가을의 등 뒤에는

가을의 등 뒤에는
당신이 떠나던 날
당신 어깨 깃을 따라
조용히 흐르던 우수와 같이

고운 빛깔 젖어진 그리움이
산등을 타고
골 아래로 흘러갑니다

가을이 지나는 시간은 짧기만 한데
홀로 걸어가는 가을길은
멀기만 합니다

가을바람이 지나간 자리에

하늘은,
그리움에 뻗어지는 손 시려움
몸서리치는 차가운 옥빛 그리움으로
높아만 지다
나의 가슴에

슬픔으로 쏟아집니다

봄은 멀고
겨울은 아직 남아 있기에

난
가을의 등 뒤에서
태워 죽은 낙엽의 혼으로
그대 기억에 물든
잿빛 가을이 되고

나의 고독은
서러움 겨워
산기슭을 타고 흘러
빈 골을 메웁니다

매미

한 줄 놓아 우는 매미
서럽다 해도
눈물 없는 목청이 가증스러워
짜증 돋는 삼복더위 길어만 진다

서울역 지하도

서울역 지하도엔 절(切)이 없다
계절은 개(犬)절이다
폭염에도 누비잠바 롱코트가 유행이고
한파에도 러닝에 반바지가 대세다
서울역 지하도엔 일기예보도 없다
사시사철 한파에 꽁꽁 얼어붙었다

서울역 지하도는
나랏돈 없이 조성된
거대한 사막이다
정에 목말라
곱사등이로 신기루 찾는 사람들의 사막이다

서울역 지하도는
너도 나도
발바닥에 묻어나는
모래알을 못 본 척 잊고자 부정하는
사람이 보이지 않는 사막이다

서울역 지하도는

완벽한 자치구역
무법으로 존재하는
유일한 자유지역이다

서울역 지하도는
무인도다
목이 말라도 마실 수 없는
바다 위의 고고한 섬

서울역 지하도는
깊고 깊은 심해다
서울역 지하도에선
움직이지 않아도 숨이 찬다

서울역 지하도는
꿈조차 꾸지 않는 자들의
추억으로 가는 유일한 통로이자
차표없이 하시라도
고향으로 가는 마지막 출구다

서울역 지하도는
너도 나도 갈 수 있는 길목이다

정화수

달빛 남아 이른 녘에
시린 손 모으고
정화수 한 사발에 두 손 비벼 모아
기도하여 보지만
사발 속 정화수 이내 꽁꽁 얼어 버린다

하얀 생각

하얀 털모자가 되어
그 사람의 머리를 데워 주고 싶다
항상 따뜻한 생각만 할 수 있게

하얀 장갑이 되어
그 사람의 시린 손을 데워 주고 싶다
누구에게나 따스한 손길 잡아줄 수 있게

하얀 목도리 되어
그 사람의 가슴을 데워 주고 싶다
그와 나
따뜻한 인연의 끈으로 살아가도록

하얀 따스함으로……

여행

창밖엔
휘늘어진 오후가
고속도로를 따라 흐르고
길섶 개나리엔 샛노란 전류가
대낮에도 발광을 한다

차장 안에선
건너편에 앉은 여인을 향한
전류가
나의 눈에서
발광을 하고

세 시간의 열애 끝에
목적지에 도착하는 사랑

목례조차 없는 이별

도시 위에 흐르는
회색 빛 나른함이
그녀의 발꿈치 아래로
뉘엿뉘엿 저문다

비

비가 정복자인 양 서슬 퍼런 꼿꼿함으로 내려와
나뭇잎에 앉아 보지만
또 다른 놈에게 밀리어 땅으로 곤두박질쳐
지상에선 몇초도 머무르지 못하고
흔적도 없이 땅에게 먹혀 버리고는

살아 있는 놈들끼리
왁자지껄 요란을 떨다
의지엔 상관없이 얽히고 설키어
개울을 따라 정신없이 떠밀려 간다

2부
서러움

생각 둘
좋은 생각을 가지는 것보다
나쁜 생각을 버리는 것이 더 유익하다

나는 고백합니다

나는 고백합니다
　　어두운 날에도
　　파랗게 펼쳐지던
　　당신의 희망찬 가슴에
　　겨울비 뿌려 놓은
　　무심한 바람이었음을

나는 고백합니다
　　당신의 붉디붉은 입술
　　까만 재 되어
　　향기로 사라져 가는 날
　　가엾은 긴 목에
　　가시만 남겨놓은
　　장미의 그늘이었음을

나는 고백합니다
　　당신이 눈물로
　　나를 기다리던 밤
　　그 밤에도 사랑을 지키기 위한
　　당신의 몸부림을

당신의 피 흘림을
당신이 가신 뒤에야
나는……
내가……
이제야, 알고 있습니다

나는 고백합니다
당신을 알고도 사랑을 몰랐음을
당신이 떠난 후에야
그것이 사랑인 줄 알았습니다
당신이 떠나지 않았다면
나는 지금도
사랑을 알지 못할
철부지일 뿐이었음을
고백합니다

나는 고백합니다
지금도 철없음을
당신에게 고백합니다
당신을 놓지 못하여

눈물로 지새우는
한심한 철부지입니다

나는 고백합니다
　　사랑이 이렇게 가혹하고
　　고통스러울지라도
　　우리의 사랑이 다시 온다면
　　난 이 고통의 불구덩이 속을 서슴지 않고
　　다시 뛰어들 것입니다
　　당신을 향한 부끄러움을
　　잊지 못하여서가 아니라
　　당신이 잃어버린 사랑을 찾아주고 싶다는
　　어리석음이
　　부끄러운 과거조차 두려움 없이
　　돌리고자 합니다

나는 고백합니다
　　지금 흐르는 나의 눈물이
　　당신에게 보내는
　　용서 받지 못할
　　마지막 사랑입니다

서러움

잊지 말란다고 기억하겠는지요
서러운 날을

잊어달란다고 잊겠는지요
서러운 날들

생각하며 서러운 날을

잊혀질까 서러운 날들

삶이 쥐어준 목줄 따라
늘어선 긴— 또아리

용서하소서

하늘이여 용서하소서
나의 헛된 젊은 날을
하늘이여 용서하소서
덧없던 나의 사랑의 노래를
하늘이여 용서하소서
부질없이 채워진 욕망의 시간들을
하늘이여 용서하소서
나의 눈물 속에 감춰진 이기의 눈빛을
하늘이여 용서하소서
나의 미소 속에 흐르던 자만의 관대한 그늘을
하늘이여 용서하소서
내가 누군가에게 용서의 손을 내밀었던 우매함을
하늘이여 용서하소서
침묵을 비집고 나온 바람보다 가벼운 숱한 어휘들을
하늘이여 용서하소서
우리를 위하여 살기보다는 나의 삶을 위하여 우리가 필요하였음을
하늘이여 용서하소서
세상에 남겨진 벗들의 은혜에 답하지 못함을 기억하시고 용서하소서

는개비

비가 촉촉이 대지를 적시지만
나의 가슴은 적시지 못합니다
비탈진 나의 가슴을 타고
무심……
그냥 흘러갑니다

봄비가 대지에 입맞춤하고
입맞춤 파랗게 여물어가지만
나의 가슴엔
싹트지 못한 메마른 그리움만
갈라집니다

켜켜이 쌓아둔 시간은
가벼이 허물을 벗고
벗겨진 허물은
빗물을 따라 흘러갑니다

는개비 속에
물초 된 산새 한 마리
외돌다
물안개 속으로 몸을 묻어둡니다

귀가길

신작로에 늘어선 플라타너스 잎에
뽀얗게 쌓인 먼지 사이로
노을이 어둑하니 비칠 때면
뚝방길 따라 울려 퍼지는
워낭 소리에
어둠은 멍에 위로 무겁게 내려앉고

풀벌레 소리에
동구 밖 느티나무 별이 하나 둘… 열리면
집집이 굴뚝 위로
찰진 보리밥 내음이 피어오르고

호들기 장단 맞춰
들썩이는 어깨춤에

지게 위 꼴망태기에서 졸다 떨어진
고추잠자리

머리 위에서 맴돌다
허기진 발걸음이 비틀거린다

삶

화무십일홍이라지만
단 하루라도
스러지는 기억이기보단
붉은 자태에
꼿꼿한
서러움으로 남고 싶습니다

한밤 지고 온
곧추선 풀잎처럼
이슬도 무거운 삶이지만은

아침 이슬에 깨어
화들짝 날개 피는
산새의 떨어진 깃털처럼
날리는
꿈이고 싶습니다

나의 어머니

어머니가 되면서

여자이기를 포기하신 나의 어머니

옆집 아주머니처럼 뽀얀 분 바른 모습일랑

한 번도 보여주지 않으신 분

주름치마 양단 한 벌 없이

몸뻬바지만 줄곧 입으시던

내 어머니는 참으로 멋하고는 거리가 먼

나에겐 부끄러운 분이셨습니다

내 어머니는 어지간히 까탈스러운 분이셨습니다

어찌 그리도 가리는 음식이 많으셨던지

계란과 생선은 싫다 하시곤

한 번도 드신 적이 없는 분

어머니는 텃밭에 불붙는 오뉴월의 뜨거운 태양도

몸이 꽁꽁 얼어붙는 한파도 비켜가는

무디디 무딘 분이셨습니다

어머니의 옷에는 주머니가 없었습니다

손에 쥐면 모두 우리에게 주셨기에

주머니가 필요치 않으셨던 분

내 어머니의 고집은 하늘도 꺾지 못하였습니다

자식 고생시키지 않겠다고

자는 듯 가시겠다는
이 세상과의 이별을 노래처럼 하시다가
곱디고운 미소만
얼굴 가득 남겨 놓으시고
그렇게 말없이 가셨습니다

가을

가을이 나린다
나리는 낙엽에
온몸이 흠뻑 젖는다
하늘문이 활짝 열리고
별이
대지에 쏟아진다

빈 하늘
달빛 속에
가을로 가득하고

추억은 유성처럼 흐르다
낙엽 위에 이울고

가을은
우듬지 마지막 잎새에
까치발 세워 매달려 있다

낙엽을 보고 슬픈 눈짓 보내지 말라
혼은 가지에 남겨둔 채

상념을 털어 버리는 것일진저

솔아!
어찌하여 너는 떨치지 못한
상념을 달고
바늘 같은 아픔을 견디며 메돌고 있느냐

해질녘

이렇게 해질녘이면
손님 없이 떠나는 막차와
막차가 내어뿜는 까만 매연의 매캐함이 그립습니다

들판에 홀로이 손 흔드는 허수아비의 손짓과
내 동무의 콧노래 소리와
까마귀 까악까악 저녁노을 쪼아
하늘 붉게 물들이고
굴뚝연기 따라 피어나는 보리밥 익는 내음이
그립습니다

까만 고무신 접어
개울 따라 흘려 보낸
이름들이 잊혀져
옛 동무 더욱 그리웁고요

얼음지치다 젖어 버린 나일론 양말
모닥불에 녹아든 구멍 사이로 보이던
내 어머니의 안타까운 눈빛이
……
그립습니다

가난

나의 가난이
당신에게 사랑도 물질도 주지 못하지만
빈 마음 속에
미움이나 원망은 들 자리가 없기에

따뜻한 은혜로 살아갑니다

꼬오꼭 숨어라

자라지 마라
그리움이여
자라지 말아라
보고 싶음아

꼭꼭 숨어라
보고 싶음아
꼬오꼭 숨어라
그리움이여

사랑이 목 놓은
우멍 속에 고인 눈물이야
세월이 서럽다 하지만

해갈아 피는 싹은
지울 수가 없구나

3부
꿈을 엮는 밤

생각 셋

내가 남을 이해시키는 것은 어렵고 고단하지만
내가 남을 이해하면 쉽고도 편안하다

꿈을 엮는 밤

조각난 꿈을 모아서
이 밤도 꿈을 엮는다
꿈이 없다면 나에게 오지 않을 아침이기에
창을 열면 사라지는 꿈인 줄 알면서
꿈을 엮는다

바람의 갈개질에 구름보다 가벼이 깨어지는 희망이지만
내일이면
다시 꿈 꿀 수 있는 밤이 기다리기에
꿈을 엮는다

난 희망을 꿈꾸진 않는다
꿈이 있기에 희망을 생각한다
여우가 어린 왕자에게 남긴 비밀을 알기에
난 희망을 버리지 못하고
꿈을 엮는다

그믐밤
조각난 달을 모아
하늘에다가

붙이고 붙이며 꿈이 되리라
꿈을 엮는다

또 다시 조각날 꿈일지라도
난 떨어진 조각을 하늘에 얽어매다
밤을 새우고
또 다시
꿈을 엮는다

잊지 않을게요

잊지 않을게요
당신이 잊어버린 나이기에
나마저 당신을 잊는다면
누가 우리 사랑 기억할 수 있나요

잊지 않을게요
당신이 잊어버린 사랑
나마저 잊는다며
우리 사랑 어디서 찾을 수 있나요

바람이게 하소서

그 사람 곁에 머물러도
모르는
바람이게 하소서

그대 안아주어도 모르는
바람이게 하소서

그대에게 입맞춤하여도
가슴 속에 머물지 않는
바람이게 하소서

세월 속에 망울진 땀방울
씻어주는
바람이게 하소서

그대 가슴에 얼룩진 자욱들
쓸어 안고 가는
바람이게 하소서

지나가면 다시는 오지 않을
바람이게 하소서

나는 죄인입니다

나는 죄인입니다
당신의 허락 없는 사랑을 훔친 죄인입니다
그 사랑이 당신을 아프게 하기에
영락없는 폭력범입니다
시간이 넘어가는 소리에
시계추를 주머니 속에 숨기고
사랑을 사랑하는 이에게 전하지 못한 난
직무를 유기한 죄인임에 틀림이 없습니다

아! 나는 죄인입니다
채 피어나지도 못한 사랑을
목졸라 죽인
용서받지 못할 죄인입니다

죄

등에 지고 있는 짐 하나 없는데
나의 허리는 휘어 있습니다
가슴에 안은 짐이 너무나 무거워
똑바로 설 수가 없습니다

꿈 속에서

나는 보았네
그녀를

꿈 속에서
나는 보았네

나는 보았네
아직도 지워지지 않은
그녀의
회색 빛 미소를

아! 나는 보았네
청파에 떨어지는
나비 분보다 고운
살 품 속
그녀의 쪽빛 내음을

나는 보았네
꿈 속에서 그녀를

너무나 기나긴 말
"사랑한다"
다 하기 전에

그대 차가운
입맞춤
다 녹이기 전에

그대 돌아서며
떨구운
한 방울 눈물

아! 나는 보았네
꿈 속에서

옛 동무

어릴 적 동무가 좋은 것은
쉬이 그 시절로 돌아갈 수 있기 때문이고
그 시절의 내가 그들의 모습에 투영되어
거울처럼 들여다볼 수 있기 때문이다

어릴 적 친구가 좋은 것은
때 절은 손으로 내밀어주던
정겨운 온기 모락모락 피어나던 감자처럼
그 때 절은 손 안에
따뜻한 가슴이 있어서 좋다

옛날이 그립고
옛 동무가 보고 싶다는 것은
내 삶의 마지막 여유다

장락교 아래로

수락산 장락교 아래로
시침이 깎아 놓은 천 년의 얼굴이
골 진 깊이로 흐르고
다리 위로
바위에 턱 고인 산벚나무
꽃잎 꽃잎
초롱초롱 불 밝히고
저녁 노을 짊어진 북한산 긴 그림자
수락골에 볼을 부비면
바람은 고단한 걸음을 멈추고
떡갈나무 숲 아래로 파고든다

당신의 손길입니까

밤 사이 나린 눈이
한파에 꽁꽁 얼어 버린
나의 가슴에 소복이 내려앉아
터지고 갈라진 마음을
따스한 입김으로 녹이고
님의 얼굴에 홍조처럼
고운 손길로 감싸주네요
혹!
당신의 배려입니까?
당신의 손길입니까?

그 옛날엔

그 옛날엔
보고 싶은 이 있으면
애저라
그리움이 다였다 하지만
지금은 똑똑한 사진도 있구요

옛날엔
그리운 연서
달포나 걸렸다 하지만
지금은 똑똑한 전화기 있지요

그 옛날엔
보고픔 얼래 보려
행여 하는 맘
널 뛰어도 보고요
그네에 몸 맡겨
하늘 올려보았지요

지금은
서울 부산 2시간

잊혀짐도 KTX

栗山의 굿거리

― 栗山에게

붓이 춤을 추면
혼이 뒤따라 여백을 메우고

여백은 어느새 강이 되어 물결로 넘치고
산이 일어나 서러운 구름이 흐르는가 하더니
이내
꽃이 만발하여
풍경으로 흐르다
한 줄 철학으로 또아리 튼다

그대 붓끝 속에서 흘러나오는 장단에
새는 노래하고
벌 나비 날갯짓 접을 수 없구나

죽어가는 것에는 생명을
피곤한 일상에게는 안식을 담아내는
그대 손길은
짜장 신의 혼이 깃들어 있구나

그대 혼불로 세상을 밝히고

그대 붓길 한 땀 한 땀에 인고의 혈루는 꿰매어지고
그대 혼으로 꿈을 피우고
그대 붓끝에서 사철 꿈은 영근다

산마루 몽롱한 밤꽃 향기 따라
토실이 산이 익고 밤이 영글듯이

뿌리

그 사람이 아직도 원망의 끈을 자르지 못하는 것은
그만큼 사랑의 뿌리가 깊은 때문이리라

친구야

백합이 흘린 눈물같이 맑고
살근이 다가오는 프리지어 향기처럼 머물고
우중엔 우산같이
슬플 땐 눈물을 닦아주는 손수건이 되고
기쁠 땐 웃음을 전파하는 확성기 같은
나의 친구야
또 한 해가 저물어
우리의 우정은 열두 가지 색깔로 뿌리를 내리고
열두 폭 가지로 자라 있구나

사람아!

사람아 고개 들어 하늘을 보아라
손 뻗어 네 손 안에 하늘이 있지 않느냐

사람아 손을 들어 하늘을 잡아보아라
그 하늘은 너의 손이 닿지 않는 끝없는 하늘이다

사람아 너의 자유를 보아라
너의 생각이 갈 수 없는 곳이 어디며
너의 이상이 머무를 수 없는 곳이 어디냐
사람아 솔섬 굴레에 갇힌 너의 영혼을 풀어주어라

사람아 내일을 위한 너의 희망을 오늘도 심고 있느냐
결코 너에게 내일은 영원히 디딜 수 없는
너 자신의 그림자이니라

사람아 내일을 위하여 오늘 너의 인생을 허비하지 말고
오늘을 위하여 어제 버려둔 낙과의 회수에 힘써라

사람아 네가 흘린 눈물 속에
한 그루의 느티나무를 심어라
더 많은 그리움들이 쉬어갈 수 있게

미래는 흐르는 구름이듯 형체는 있으나 물질은 없다

바람이어라

하늘 흐르는 구름 따라
나의 사랑이 흐르다
비 되어
그대 곁에 내리는 날
그대 뜻없이 적셔도
나의 사랑인 줄 알아주세요
우산 속에서도
어쩔 수 없이 젖어지는 빗방울은
그대 피할 수 없는 나의 사랑입니다

은반지의 약속

다이아반지에는
정신이 팔리고
순금반지는
배고픔에 팔리지만

은반지는 눈 멀 유혹도 없고
배고픔에도
손가락에서 빠져 나갈 일이 없다

아가야! 말 타자

아가야! 아빠 말 타자
이히힝 이히힝
바람을 타고 구름을 넘는다

더 빨리 달린다. 더얼썩 더얼썩
말고삐 단디단디 잡아라
아빠가 달린다

이히힝 이히힝
허걱 허걱
어디까지 왔나요?

엉덩이 처얼썩
가자 처―얼썩
가자 가자 처얼썩

네! 네! 공주님
푸더덩 푸더덩

산을 타고 파도를 넘는다
밤바다를 지나 태양 속으로 뛰어든다

아!
무거운 꿈이었구나

이히힝 이히힝
등 내밀어 보아도

노쇠한 말 위에 너 없음이
가벼움 힘겨워
달릴 수가 없구나

편지

나는 누군가에게 쉬임없이
편지를 씁니다
대상을 위하여 쓰는 게 아니라
사랑이 그리워 사랑에 편지를 씁니다

매일 그리움을 쓰고
쌓아 놓은 편지를 두고 또 쓰고 씁니다
사랑을 위하여
사랑에 편지를

눈길 한 번 훔칠 수 없는 사랑에게
칼날 같은 아픔을 숨기고
난
잠 못 들고
한밤을 지고 돌고 돌아
사랑을 위하여
사랑에게 편지를 씁니다

두 손으로 가릴 수 없는 사랑이기에
숨길 수 없어

숨기지 못하고
눈 앞에 놓인 사랑을 잡지 못하는
어설픈 그리움에
사랑을 위하여 편지를 씁니다

아침이면 또 다시 그리울
지울 수 없는 사랑이기에
덮을 수 없는 그리움이기에
오늘도 편지를 씁니다

시

그대들이여 시를 읽고 풍만한 가슴을 가져라
그대들이여 시를 읊조리며 고운 미소를 가져라
시를 들여다보아라
거기에 막 깨어난 들판이 있고
하늘과 바다로 이어지는 길이 있다

4부
사랑이 온다면

생각 넷

신이 만든 아담과 이브도
올바른 교육이 없었기에 선악과를 먹었다

아! 황악이여

—김천시립도서관 헌시

황악이 열리기 전
미처 잠든 밤이 깨어질세라
살포시 발길 딛는 직지산사
새벽 종소리
파장 깊은 심연의 연화(煙火) 못에
이승의 길 찾아 헤매이다가
스님, 어고 장단에 발길은 길 찾고
새소리에 정신은 일어나
개울물 소리에 흐트러진 마음은 세수를 한다

또뜨그락, 또뜨그락
청아한 목어는 동쪽을 치고
햇살이 초목에 손을 얹자
시푸른 피 울컥이며
가지를 타고 잎으로 잎으로 흘러
비릿한 숲의 향기 코 끝에 어리다가
나의 맥박과 혈류도 태초에 머문다

아! 검푸른 초록에 함성이여!
가슴을 깨고 부서지는 트임에 빗살이여!

달고 고운 천 감천(甘川)에 흘러서
인걸은 광야에 차고
인정은 파도처럼 흘러라

감로의 천 김천(金泉)이여!
황악의 영광이여!
감천을 타고 천둥처럼 비상하는 왜가리 날갯짓에
이화(李花)는 꽃비 되어 설야(雪野)에 눈부심이어라

아!
더함이 없어도 좋을
너와 나의 영광이여!

두려워 말자
복받치는 미래의 영광을 위하여!

잊지는 말자꾸나
네 아비의 피와 땀방울을

꿈꾸는 김천아!

우리의 영광이 여기에 머문다

희망

우리가 삶의 고통 속에서도
삶의 의지를 불태우는 건
안락한 미래를 위함이리라
하지만
삶이란 항상 현재에만 존재하고
고통은 떨칠 수 없는 너의 오늘이리라

미래에 있을 한 평의 쉼터를 위하여
영원한 평온을 준비한다면
육체가 잠시 머물 콘크리트 평수에
너의 영혼을 묻지 마라
너의 희망 또한 그곳에서 벗어나지 못하리라

순간을 위한 환락은
고통 속에 숨쉬는 맥박에 불과하다

오늘의 고통에서 벗어나라
그곳에 내가 아닌 우리의 미래가 있다
그곳에서 너의 미래와
영원한 쉼터에 있는

너를 보게 되리라

그곳엔 너가 아닌
우리가 존재함을 아는 날에는

열쩍은 사랑

산골 외딴집
노부부의 열없는 거짓말
허… 허… 사랑?
그게 무어여?
에이 – 그냥 살지 무선…
감추기 버거운 사랑의 눈흘림

얼굴에 반짝이는
사랑이 길쌈질한
결 고운 주름 속에서
오롯이 빛나는
손사래 사랑
장독대 위에서
익어가는 사랑

입가에 가득한 미소가
졸가리 담장 따라
주저리 주저리 걸려서
만국기처럼 펄럭인다

얄미운 거짓말
얄미운 사랑

구세군 종소리

종소리 딸랑
웃음꽃 활짝 피구요
종소리 딸랑
시름겨운 마음 하나 데워집니다

종소리 딸랑 딸랑
사랑 하나 열리구요
종소리 딸랑 딸랑
슬픔 둘 사라집니다

딸랑 딸랑 딸랑
사랑을 깨우는 소리
딸랑 딸랑 딸랑
희망의 소리

딸랑 딸랑 딸랑
천상의 종소리
땅 위에 평화로 울립니다

사람

사람에게서 사람 내음이 나게 산다는 것이
참으로 어려운 세상
사람이 사람답게 산다는 것이
참으로 힘들어진 세상

사람만이 가진 보석
눈물을 마음껏 흘려보자
사람만이 가진 보물
웃음을 마음껏 지어 보자

사람이라는 것을 잊지는 않을 것이다

내 사랑 친구들

술을 먹지 않고는
나조차 잊어버리고 사는 이 사람이
여러분의 친구입니다

목소리 높여 보아도
친구들 앞에선 작은 풀잎처럼 가냘픈
길섶에 휘날리는 풀잎입니다
가을 아래 고개 숙인 희나리입니다

친구들이 보아주지 않으면 꿈조차 없는
가을이 가는 길목에 쓰러져 잊혀지는
고독입니다

난 친구들이 좋습니다
아니 매일 그립습니다
사랑합니다
특별한 이유가 없기에 더더욱 사랑합니다

보이지 않아도 곁에 머무는
볼 수 없어도 더 그리운 사람들

사랑합니다
사랑합니다
내가 부족하여 님들이 더더욱…
사랑스럽습니다

혹여나 내가 부족하여도
사랑한다고
사랑하였다고 이야기하여 주십시오
잊지 마세요 우리 사랑을
우리의 욕심 없는 이야기들을…

봄

하늘이 만삭의 몸을 풀고
대지에 씨앗을 뿌린다
양수(羊水)는 개울로 강으로 넘쳐 흐르고
바람이 젖을 물리자
대지는 햇살에 기대어
졸음에 빠져든다

사랑이 온다면

나를 사랑하는 이 하나 있어
내가 사랑할 이 하나 있다면

나를 그리워하는 이 하나 있어
내가 죽을 만치 보고픈 이 하나 있다면

난 악마를 살리기 위한 거래일지라도
나의 영혼을 나누어 가질 거예요

가을 같은 사내

가을을 닮은 사내가 되고 싶다
파랗게 꽂히는 햇발처럼
잘 익은 바람처럼
빛 고운 잎새처럼
황금빛 노을처럼
가을의 하늘같이
높고 도도하고 싶다

아! 가을이
백학 날갯깃에 은빛 물결 담아다가
햇살을 뿌린다

꿈결처럼 나린다

나뭇잎은 물들고
바람은 농익어간다
바람이 지나는 손 끝에
꽃들은 꽃잎을 쥐어주고
나비는
마지막 향기를 담는다

아직 가을은 산중턱에 머무는데
나의 가슴엔
서릿발 같은 찬 바람이
날을 세운다

가을이 되고 싶다
봄은 꿈으로 남기고
가을이 되고 싶다

사랑을 남기고
추억으로 밟히는……

물거품

내 남은 그리움 도스리려
바다에 잠겨 보지만
그리움은 하릴없이 일렁이다
바위에 부딪혀 깨어지고
상처난 조각들은
모래밭에 묻히고
무심한 발길에 밟혔다가
너울 속에 포말이 된다

내가 참 더럽다

인생이 더럽다 탓하는 것은
나의 생태적 우성과 열성이 아니라
나의 원죄이신 부모님이 그리워
참으로 더럽다

내가 이즈음에 숨김없이 더러운 것은
철 지난 사상
프롤레타리아 부르조아니 하는 논쟁이 아니라
직업도 없는 놈들이 완장 차고 소파에 묻히어
종 두고 말 부리는 것도 모자라
민중을 대변한다고 목청 돋우는 꼴같지 않음이 더럽고
대대손손 호가호의하는 위정자들을 먹여 살리는 내가 더럽고
그들이 박수라 여기는
민중의 허한 웃음 뒤에 숨겨진 눈물을
마시고 사는 그놈의 놈팡이들에게
사(?)함을 주지 못하니 더럽다

내가 요사이
더러움 버리고자 한강 다리 위에 서서
나까지 버리고자 하는 유혹은

나의 본(本)으로 이루어진 자식새끼들이 행하는
예와 범절의 상실이 두렵고
우리를 위하여 고행과 핍박으로
도와 덕을 실천하신 분들이 있음을 빈대 삼아
그 분들을 미끼로
위정자들이 입버릇처럼 달고 사는
구세주의 원치 않는 상들리에 궁궐 안식처가 더럽고
위정자들의 뒤뚱이는 방댕이가 더럽고
신의 자식은 따로함이 있나 하는
의심 많은 인간이기에
믿음 모자람이 한강보다 높아 더럽고

눈 먼 자의 온화함보다
눈 뜬 놈들의 인상이 더럽고
말하지 못하는 자들의
따스한 손길보다
입 뚫린 자들의
구쉬나는 주절거림이 더럽다
주먹 큰 놈이
신의 없이 가진 자의 보자기에 숨어 있음이 더럽고

그도 저도 아닌
내가
참
더럽다

꽃춤

별이 여울어
바람에 날리는 밤
하늘 가득
하얀 꽃잎 나리고
세상은 걸음을 멈추고
침묵에 잠긴다

꽃잎 떨어지는 소리
대지에 사박이 울려 퍼지고
지붕 위엔 따스한 온기 포시라니 쌓인다

허룽거리지 않고
함초롬이 내딛는 너의 발길에
엄마 발길 좇던
아기는
어느새 꿈을 좇고

나의 마음은
강아지 꼬리 달고
들판을 지나

산을 타고
강을 건너
하늘길에 닿는다

이렇게 별이 꽃잎 되어 다 떨어져 내리면
내일은 별이 뜨지 않을지도 모르겠다

어둠 돌아서

어둠 나리고
새들
둥지에 노래 누이고
들꽃
향기 쉬어 꽃잎 접을 때

가로등은 불 밝히지만
나는 찾아갈 곳이 없습니다

가로등 저편 마을 집집마다
따스한 백열등 불 밝히지만
내가
찾아들 집은 없습니다

하늘엔 희망의 별빛
하나
둘
불 밝혀
하늘 가득 수놓아도
나의 목에 걸어둘 별 하나 없습니다

달빛 길잡이 잡아도는 고개 넘어
여명을 향하여 무작정 걸어갑니다
어둠 모퉁이 하나 돌고
둘을 돌아서
아침이 기다리는 그곳까지

화

내가 화나는 것은
상대에게 대한 실망이 아니라
내가 그 사람에게 주는 실망 때문입니다
내가 참을 수 없이 화가 나는 것은
그 사람의 사랑이 부족하여서가 아니라
나의 사랑이 부족하기 때문입니다
내가 화나는 것은
더 많은 것을 채우고 싶은 게 아니라
가진 것을 버릴 수 없는 우매함입니다
내가 참을 수 없는 화는
솔로몬의 지혜를 탐하거나 헬렌켈러의 숭고한 사랑을
따르지 못하여서가 아니라
작은 기쁨에도 웃을 수 있고
작은 아픔에도 눈물 흘릴 수 있는
사람이지 못하기 때문입니다

경인년을 보내며

경인년을 보내는 이 사람의 마음은 폭풍이 치는 바다
일엽편주에 빈 낚싯대를 들이고 있는
고빗사위 어부의 마음입니다
생각은 낙엽보다 가볍고
행동은 희미하니
슬픔을 이길 수가 없습니다
성인이 녹야원에서 설파하신 사성제의
고제의 팔고와 집제 멸제 도제의 진리를 뇌이어도 보고
구유에서 태어나 더더욱 성스러운
나사렛예수의 은총에 빌붙어도 보지만
나의 명절은
이 겨울 한파에 곤곤히
두꺼워지는 얼음장 같습니다

그날이 나의 전부입니다

시계는 쳇바퀴 속에서
변함없이 도는데
시간은 바퀴 자국 수만큼
우리의 간격을 멀어지게 합니다
시간은 일상의 간격에서 벗어나지 못하지만
일상은 우리를 멀게만 합니다

나의 마음은 큰 침으로 돌고
당신은 작은 침으로 돌아
만나지 못할 만남을 위하여
시계 틀 안에서
돌고 돌아갑니다

멀어지면 갈라지는 아픔에
가까워져도 잡을 수 없는 고통이

시간의 틀 안에서
시지푸스의 형벌로 이어집니다

봄 오시는 수락산

오시는 임을
어찌할 수 없나 봅니다

겹겹이 졸라맨 하얀 옷고름은
느슨해지고

지난 이별의 아픔에
꽁꽁 얼어 버린 마음은

바람 타고 오시는 임의 발걸음 소리
애써 무심 흘리려 해도

얼음장 밑에서부터 녹아
옅어만지고

그리움은 향기로 짙어집니다

곰 잡는 밤

눈을 감고
곰을 잡는다
곰 한 마리
곰 두 마리 곰 세 마리……
곰들이 죽어갈수록 보이는
또렷한 행복!

그리운 얼굴들이
그 얼굴들이
곰들이 죽어가는 수만큼 보인다
내 사랑을 만난다

신작로를 타고 흐르는
맑은 도랑 속에 비추어 보던
나의 얼굴이
그렇게
찬물 도랑과 하나가 된다

곰들이 죽어가는 밤이면
개량에 죽어 억울한 도랑도

개량에 숨가쁜 나도
하나로 살아난다

외출

어둠이 잦아들면
난 세상으로 외출을 한다

가로등에 청사초롱 희망을 걸고
나의 발걸음은
지축을 흔든다

이렇게 바람이 에이는 날에는
긴 겨울의 혹독함에 익숙한 평온이
날개에 돛을 단다

빛의 혼돈은 사라지고
결코 빛나지 않는
그림자들의 찬가는
산동네에 울려 퍼지고

축배의 잔에
어둠 깊은 골목 구석 구석에
잔을 채우고

더 깊어 고요한
어둠을 향하여
길을 간다

계절

가을이면 잎새에 여미는 색 고운 기다림으로
겨울이면 눈꽃 따라 쌓이는 하얀 그리움으로
봄이 오면 파릇이 향기 품은 약속으로 살다
여름이면 붉은 햇살 나래에 싣고
그대 가슴에 애증의 빛으로 나리고 싶소

5부
우리는 가고 있다

생각 다섯
사람의 마음에 따라
새들은 노래하기도, 울기도 하며
덧없이 지저귀기도 한다

비가

가녀린 긴 목에
창백한 얼굴의 비가

비가
포도 위에
몸을 묻으면

슬픈 전율의 파장은
반짝이는
별이 된다

소녀의 눈

까아만 안경을 쓴
소녀의 눈에는
파아란 하늘이 내려와
성긴 바람으로 지나갑니다

수평선 아래로 바람 부는 날이면
아이의 눈에는
파아란 물결이 한 가득 밀려 옵니다

아이는
봄볕 고운 날
들판에 피어난 흐드러진 꽃들의 아름다운 자태를
볼 수는 없지만
소녀의 뜨락에 피어 오르는 아지랑이를
한 아름 가슴에 담을 수 있어
아이의 몸에선
꽃향기 그득합니다

소녀는 사람들이 보내는 눈짓을 볼 수는 없지만
따뜻한 가슴은 누구보다 잘 볼 수가 있습니다

소녀의 눈동자 속에는
푸르른 오월과
오색 빛깔의 시월이 공존합니다

소녀는 단 한 번도 세상의 더러운 모습을 본 적이 없습니다
소녀는 단 한 번도 불의를 행하는 이웃을 본 적도 없습니다
우리가 욕망에 눈 멀고 사랑에 눈 멀 때
소녀는 사랑을 보고
희망을 이야기합니다

소녀는 가로등에 부딪혀
너무나 아파 울어 보았지만
그 가로등에게 원망을 하지 않습니다
가로등은 소녀보다 어두운
많은 이의 길잡이이니까요

신의 은총이
소녀에게
세상의 모습을 지우고
소녀의 맑은 눈 속에

소녀의 뜻대로
아름다운 세상을 그릴 수 있는
능력을 주었나 봅니다

우리가 길을 잃고 헤매일 때
소녀의 지팡이 끝에는
항시
길이
있었습니다

상념

흐르는 콧물이 달콤하던 시절의 기억은
습자지만큼이나 얇아져
한숨만 쉬어도 찢어질 것만 같고
보고 싶은 것들은
보고 싶어 하면 할수록
물안개 속 실버들처럼
보일 듯 말 듯
자꾸만 멀어지지만
날들은 썰물처럼 휩쓸려가고
기억은 밀물처럼 밀려온다

이야기들

비바람이 부는 날에는
바다에 나가 파도에 귀 대고
먼 이국의 이야기를 듣는다
빛살치는 날이면
명주바람을 맞으러 언덕에 올라
바람에 얼굴을 묻고
숨겨진 은밀한 이야기들을 들여다본다

까막까치 우짖는 해질녘
들판에 피어난 꽃잎들을 들여다보고
잎새에 새겨진 저마다의 사연들을 읽다 보면
어느새 밤하늘에 가득 뿌려진
추억의 조각들이
은하를 따라 서쪽으로 서쪽으로 흘러간다

그리워서

사람이 그리운 날이면
집가 등산로 어귀에 앉아서
선사가 되어
이 사람 저 사람에게
묵언의 대화로 수다를 떨다가는
길가 가판 위 딸기 그릇에
발길이 붙잡히어 한참을 서서
눈 속에 가득가득 담았다가는
집으로 가져온다

바다가 보고 싶은 날이면
바람에 귀 대고 가만히 파도 소리를 훔쳐 듣다가
보고 싶은 이 생각나
초저녁 달이 하늘에 걸리기도 전에
잠을 청하여 보지마는
이슬 부딪히는 소리
풀벌레 소리
면경을 스치듯 날카로워
잠 못 이룬다

비 온 후

여름은 나와의 이별이 서러워
이리도 고단하게 슬피 울어 보지만
오늘 아침
가을은 사립문을 열고 싸늘한 미소로
여름과의 이별을 책망하네요
만삭의 달빛 아래 바람은 차가웁고
아! 우리의 뜨거웠던 사랑은
이렇게 또 한 번의 이별을 합니다

우리는 가고 있다

하루가 저물듯
우리는 가고 있다
느릅나무 가지 넘어 석양을 따라서
우리는 떠밀려 간다

길고도 먼 그림자
접어두지 못한 채
우리는 떠밀려 간다

동쪽을 향하여 길을 잡아도
어둠은 등 뒤에서
지나온 길을 묻어 버리고

발 아래 밟히는 그림자가 두려워
돌아서 돌아서
희미해지는 그림자 아래로
달려가지만

달빛 이울어
하루는 바다에 잠기고

산 아래로 묻힌다

은행나무에 걸린 황금빛 추억은
노쇠한 가로등 껌뻑이는 졸음 아래
보였다간 사라지는
파릿한 낙엽으로
쓸리어간다

꽃들은 고개를 떨구고
바람이 쓰러질 듯 마을을 지난다

아!
강물 위에 별이 떨어져
종소리 울리고

봄

가슴을 녹이는 훈풍
시동 걸린 개울물 소리
청량한 새소리
꽃망울 터지는 소리
씰룩이는 순이의 방댕이
아! 봄이다

시간

화투판은 섞어서 돌리면
지난 판은 잊고 잘도 돌아가지만
인생은 되돌릴 수도
흐트러뜨려 다시 시작할 수도 없다

되감을 수 없는 시간 속에
청춘은 아스라이 멀어지고
머물 수 없는 시간 속에 허둥거리다
내일의 이상은 옅어만진다

지금은 내가 꿈꾸어야 할 때

밤은 짧기만 하고
사랑은 길고도 멀어라
창은 밝아오고
내가 꿈꿀 시간은 짧기만 한데
사랑은 밤 속에 잦아든다
꿈을 꾸기도 전에
창 아래 드는 햇살
아! 신이여
달빛 아래 젖은 몸을 쉬게 하소서
나의 꿈을 쉬게 하소서

아! 밤은 짧기만 하고
사랑은 멀어라

꽃잎

산길 걷다가
친구에게 주고 싶어

꽃잎 속에
여물지 않은 햇살 담아
빛깔 여린 진달래꽃
주머니에 담아
내려왔지만……

시들어 버린 꽃잎
숨 멎어
나를 아프게 합니다

허물어진 꽃잎 위에
손 모아
기도합니다

올바른
사랑을 위하여

첫 눈

눈이 나린다
그대 입술보다 뜨겁게
볼을 스치고
눈이 나린다

입김보다 감미로운 나른함이
보드레이 목을 감는다

미리내에 흐르던 꽃잎들이
떨리는 입술로
반짝이는 유혹으로
사시랑이 물결치며
지상으로 흐른다

이렇게
눈이 나리는 날은
나의 가슴에
목화꽃 송이 송이
함초롬히 피어난다

이토록 서러운 것은

내가 서러운 것은
그 사람에게
사랑을 받지 못하여서가 아니라
더 이상 그 사람을
사랑할 수 없기 때문입니다

내가 이토록 서러운 것은
더 이상 그 사람을
기억하지 못하는 것이 아니라
그 사람이 나를 기억하지 못할까
두려웁기 때문입니다

내가 흘리는 눈물이 부끄러운 것은
그 사람을 위한 눈물이 아니라
나의 때 늦은
회한의 복명입니다

그날

봄날
복사꽃보다
고이
향기로 오셨던 당신이

그런 당신이
낙엽 한 잎에도 서러운 날
가을이
저무는 날
날 선 하늘이
쏟아내는 가을 햇살에
잠자리 날개 깃
타 버려 무거운 날

고운 빛깔의 꼿꼿한 잎들이
시절 모르던 날

가을비 내리고
떨어지는 낙엽
피장의 비음에

몸서리치던 날

절망마저 잊어버린 혼돈 속에
당신은
떠났습니다

바람만 불어도 아픈
이 계절에
떠나야 합니까

아! 이 계절에
서러운 당신을
보내야 하는
애달픈 나의 꿈은
어찌 하나요
어찌 합니까

그리움이야
잊는다지만
서러움이야

지운다지만

아득히
아득하니
지워지지 않는
나의 눈물은
어찌 하나요

봄이 오는 소리

봄은 향기로
눈 먼 소녀의 콧잔등에
사부자기 내려앉고

봄은 아지랑이로
귀 먼 소년의 가슴팍에
새파란 피로 뿜어져 광야에 춤추고

타관바치 나에게는
오후의 나른함으로 눈꺼풀 위에 피어난다

박쥐

내가
대로가에
창 넓은 대폿집에서
사발로 술 마실 때
내 친구는
창도 없는 칸막이 방에서
종지 잔으로
홀짝인다

내가 핏대를 세우고
시국을 논할 때
나의 친구는 고놈 쪽방에서
마이크에다 핏대를 세우고
눈빛만으로도
시국을 움직인다

내가 박쥐처럼 지하로만 움직일 때
내 친구는 하늘을 날지만
내가 그래도 한 수 높은 것은
내 전화 한 통화에

그 친구는
내가 무서워(?) 전화마저 피한다는 것이다

내가 자신하는 것은
난 떨어질 곳이 없고
그 친구도 언젠가는
지하생활에는 세련 넘는 나와 같이
땅 속에 묻힌다는 것이다

바다

바다하고는 말하지 않아도
가슴이 열리고

풀어진 가슴 속으로
이야기는 전하여지고

누구의 마음이나
포개어진다

전화벨

전화벨이 운다
요란히도 운다
할 말 없는 나는 눈물만 흘리고
곡소리는 전화가 낸다

나도 울고
전화도 운다

보름달 열리는 밤에

보름달이 뒤란 대추나무에
열린 날

신발을 동여매고
달빛 길 잡으며
길을 나선다

바람에 돛 달고
달이 흐르는 곳으로
내가 간다

나의 품속에 있던 것들이
하나둘 떠나가듯이
내가 간다

내가 가진 마지막마저
내 손을 놓기 전에

이번엔
내가 먼저 길을 나선다

서리

가을이 퍼붓고 간
상념의 포탄에
회한의 파편이 남긴
갈가리 찢기운 상처가 너무나 깊어
내 피 흘림은
서녘 하늘에 떨어지고
숨길 수 없는 눈물은
동녘 땅 끝에서
서리로 돋는다

겨울비

비가 오는 날에는
음률에 못이겨
사랑노래 불러봅니다

비가 오는 날이면
방울방울 처마 밑에 고이는
차가운 옛 이야기들의 조잘거림에
사랑노래 들려옵니다

비가 오는 날에는
대지보다 가슴이 먼저 젖고
강물이 차기도 전에
그리움의 둑은 무너져 버립니다

겨울에 내리는 비는
슬픈 곡조의 차가운 이별의 노래

겨울에 내리는 비는
죽어가는 것들에 대한 장송곡

겨울비는
누구의 노래입니까

어머니 당신은 눈물입니다

어머니
어머니가 회초리를 드시면
나의 종아리에 멍이 서기도 전에
어머니의 가슴엔 애처로움 멍울져
내 아픔보다 먼저
어머니의 눈물이
종아리에 떨어졌습니다

어머니!
나의 머리를 쓰다듬어 주시던
어머니의 손길이
목덜미 아래에 채 이르기도 전에
그 머리에선
어머니의 눈물이 흘렀습니다

어머니!
달도 이울어
귀뚜리 울음마저 끊어진 녁에
나의 얼굴에 떨어지던
촛농보다 뜨겁던 어머니의 눈물에

난……
등잔불에 그을린 어머니의 그림자에 숨어서
까닭 모를 서러움에
한 없이 한 없이 울었습니다

어머니!
말없이 조용히 나를 바라보시며
미소 짓던 눈빛 넘어
어머니의 눈동자 속에
떨어지던 눈물이
내 희망의 별똥별이었음을
그땐
알지 못하였습니다

아! 눈물이신 나의 어머니
어머니의 눈물이
나의 가슴을 적시고 있었기에
나의 삶은 메마르지 않았고

아! 눈물이신 나의 어머니

어머니의 눈물이 있었기에
나의 사랑은 말라 죽지 않을 수 있었습니다

눈물이신 나의 어머니
어머니!
당신은 이제
나의 눈물입니다

서정과 풍자와 시적 미학 추구

홍윤기

일본센슈대학 대학원 국문학과 문학박사
국제뇌교육종합대학원 국학과 석좌교수
국제펜클럽 한국본부 고문

한 시인이 평생에 대표작 한 편을 우리 시문학사에 영구히 남길 수 있다면 더 이상 큰 보람은 없을 줄로 안다. 소월에게는 [진달래 꽃] 한 편이 있고, 목월에게는 [나그네] 한 편이 있다.

장정희 시인은 장차 어떤 작품을 대표작으로 우리나라 시문학사에 장식할 것인가. 한 편의 시를 반드시 [한국현대시문학사]에 남길 수 있도록 최선을 다해 주기 바라면서 평필을 들었다.

나는 시집 원고를 통하여 장정희 시인을 시로써 처음으로 대면하여 만나고 있다. 서로 만난 일이 없으므로 전혀 선입견도 없다. 그런 장정희 시인이 우선 평자를 기쁘게 해 주는 것은 시가 전편적으로 매우 순수하고 때 묻지 않았다는 점을 먼저 평가하고 싶다.

왜냐하면 한국시단의 병폐는 많은 시가 서로 닮은 유형적인 흉내내기 매너리즘에 빠져 있는 점이기 때문이다. 장정희 시

문학은 서정과 풍자와 시적 미학을 추구하고 있어서 앞으로
더욱 탁마하여 나간다면 훌륭한 시를 한국시단에 어김없이 보
여주리라 확신하면서 개성이 강한 두드러진 이미지로 다채롭
게 메타포하고 있는 시편들을 한 편씩 감상하며 독자들과 함
께 읽어보련다.

보름달이 뒤란 대추나무에
열린 날

신발을 동여매고
달빛 길 잡으며
길을 나선다

바람에 돛 달고
달이 흐르는 곳으로
내가 간다

나의 품속에 있던 것들이
하나둘 떠나가듯이
내가 간다

내가 가진 마지막마저
내 손을 놓기 전에

이번엔

내가 먼저 길을 나선다

　나는 시의 바탕을 순수한 서정 즉 릴리시즘에다 확고하게 설정하고 연구해 온 시문학자다. 장정희 시인의 시세계는 그런 기본 원칙에 충실하다. [보름달 열리는 밤에]는 어쩌면 장차 장 시인의 대표작이 될지도 모른다. 그러기 위하여는 앞으로 이 작품을 천 번쯤 다시 고쳐 쓰는 퇴고작업(推稿作業)을 해 보라고 권유한다. 어느 시인이나 대표작은 발표 후에도 여러 번 퇴고하여 다시 써서 발표하면서 명시가 되었다. 흔히들 한 번 발표하고 나면 그것이 끝이라고 생각하지만 세계적 대시인들도 항상 다시 고쳐 써서 발표하여 명시를 세상에 남겼다.

　"보름달이 뒤란 대추나무에/ 열린 날// 신발을 동여매고/ 달빛 길 잡으며/ 길을 나선다"(1∼2연)는 오프닝 메시지는 매우 신선하고 뛰어나다. 거듭 밝히지만 전혀 때 묻지 않은 순수 서정의 표현미로 메타포 되고 있다. 특히 "신발을 동여매고/ 달빛 길 잡으며/ 길을 나선다"는 역동적 리리시즘은 이 작품의 살아 있는 이미지의 리얼리티를 눈부시게 묘파했다. 우리 시단에서 처음 보는 화자의 메타포의 테크닉이 출중하다. "내가 가진 마지막마저/ 내 손을 놓기 전에// 이번엔/ 내가 먼저 길을 나선다"(5∼6연)는 마무리도 참신한 수법이 동원되었다. 이 한 편만으로도 장정희의 시재(詩才)를 인정하게 된다.

　비가 정복자인 양 서슬 퍼런 꼿꼿함으로 내려와
　나뭇잎에 앉아 보지만

또 다른 놈에게 밀리어 땅으로 곤두박질쳐

지상에선 몇 초도 머무르지 못하고

흔적도 없이 땅에게 먹혀 버리고는

살아 있는 놈들끼리

왁자지껄 요란을 떨다

의지엔 상관없이 얽히고 설키어

개울을 따라 정신없이 떠밀려 간다

– [비] 전문

　때 묻지 않은 표현의 역동성은 이 작품에서도 감동적이다. "살아 있는 놈들끼리/ 왁자지껄 요란을 떨다/ 의지엔 상관없이 얽히고 설키어/ 개울을 따라 정신없이 떠밀려 간다"(제2연)에서 다시 장정희의 해학적 시재가 돋보인다. 물론 시는 재능만으로 쓰는 것은 아니다. 그러나 먼저 시재라는 천품을 타고 나야 훌륭한 시를 세상에 남기게 된다. 장정희의 시적 표현 기교는 겉으로는 매우 러프하지만 그 내면 세계는 치열한 자아와의 충돌, 그것에 의한 끈질긴 고통 극복의 시어 탁마로서의 강력한 새타이어(satire)와 더불어 인간의 참다운 삶의 양식에 대한 심도 있는 규명을 하고 있다. 그의 독특한 시 표현 수법은 어김없이 독자를 압도할 것이다. 더구나 이 시에서도 센티멘털한 감상성이 전혀 배제된 점 또한 감동적인 삶의 존재 규명의 역편(力篇)이다. 더구나 짙은 서정미와 더불어 주지적인 시어 구사의 미감(美感)이 큰 호흡으로 돋보이고 있다.

설핀
여린 햇살은
실버들 가지 위에 나불거리고
실개울 은빛 비늘로 물결치다
결 고운 무지개 빛살을
하늘에 삼는다

조심스럽게 두 팔을 벌려
실타래에 빛살을 감아다가
개나리 백목련 모란과 해당화에
산제비 나비 한 마리 새겨놓고
창공에 종다리 한 쌍 띄워 본다

– [햇살 좋은 날] 전문

희망찬 삶의 의미가 [햇살 좋은 날]의 '자수'로써 형상화되는 긍정적 삶의 자세가 독자에게 물씬한 생의 향기를 안겨주고 있다. "조심스럽게 두 팔을 벌려/ 실타래에 빛살을 감아다가/ 개나리 백목련 모란과 해당화에/ 산제비 나비 한 마리 새겨놓고/ 창공에 종다리 한 쌍 띄워 본다"(제2연)는 순수 이미지네이션의 감각적 참신성이 공감각적으로 빛나고 있다.

그것은 [햇살 좋은 날]에서 제시된 이미지를 고답적으로 승화시키는 하이포벌(hyperbole) 수사기법(修辭技法)으로서 매우 흥미롭다. 인생의 시, 삶의 진실 추구의 시가 여기 바로 있다고 본다.

내가 지은 밭뙈기 꿈이 여물어
자식놈은 고시에 걸리고
딸아이는 서울 강남 모래밭에 또아리를 틀었지만
나의 혼은 동구 밖 전선 위에
연으로 걸렸다

– [연] 전문

이 [연]은 전편적으로 풍자적인 삶의 새타이어가 자못 리얼리티를 가중시키는 흥미로운 시세계 전개다. "내가 지은 밭뙈기 꿈이 여물어/ 자식놈은 고시에 걸리고/ 딸아이는 서울 강남 모래밭에 또아리를 틀었지만/ 나의 혼은 동구 밖 전선 위에/ 연으로 걸렸다"(전편)는 자식을 키워온 어버이의 심정은 어쩌면 경이(놀라움)를 비롯하여 사랑, 고독, 미움, 욕망, 기쁨, 슬픔 등이 단지 조건반사가 아닌 자신의 의식 속에서 스스로 살아서 움직이기 시작함으로써 이렇듯 현대시의 새로운 존재 감각이 뛰어난 시로 형상화되고 있다. 화자의 인생의 단면을 유머러스한 아픔으로 묘사하는 솜씨 또한 탁월하다. 즉 이 작품 세계는 센티멘털한 진부한 언어 배제를 통한 순수 감각에 입각하는 신선한 존재감적 시어 구사다. 그러기에 우리가 오래도록 기다렸던 새로운 한국현대시 시작법의 한 출현이라고 본다.

눈 먼 소녀의 콧잔등에
사부자기 내려앉고

봄은 아지랑이로
귀먼 소년의 가슴팍에
새파란 피로 뿜어져 광야에 춤추고

타관바치 나에게는
오후의 나른함으로 눈꺼풀 위에 피어난다

– [봄이 오는 소리] 전문

[봄이 오는 소리]를 읽으며 잠간 한국 현대시 발생의 맥락을 짚어 본다면 영국 로맨티시즘(낭만주의)을 축으로 하는 독일 낭만주의와 프랑스 심볼리즘(상징주의) 시문학, 이른바 모더니즘 등, 서구의 영향을 크게 받아 왔다. 과연 그 이후 오늘에 이르기까지 어떠한 시편들이 우리나라 현대시사를 장식하며 오늘에 이르렀는지를 살펴보는 것도 한국 현대시 103년을 보낸 오늘(2011)의 시점에서 뜻 있는 일이라고 본다. [봄이 오는 소리]의 로맨티시즘(낭만주의)의 흐름은 일찍이 박목월의 [윤사월]과 맥을 함께하면서 21세기의 새로운 낭만적 이미지 창출을 시도하고 있어 흥미롭다. 그러나 보다 적극적으로 새로움을 생성시키는 데 힘쓸 일이다. 똑같은 [봄]을 제재(題材)로 하는 다음 작품을 아울러 읽어보자.

가슴을 녹이는 훈풍
시동 걸린 개울물 소리
청량한 새소리
꽃망울 터지는 소리썰룩이는 순이의 방댕이

아! 봄이다

- [봄] 전문

여기서 [봄]은 [봄이 오는 소리]의 센티멘털한 낭만성을 풍자적으로 유머러스하게 극복하여 대비되는 좋은 작품이다. "시동 걸린 개울물 소리"가 역동적으로 매우 신선하다. "씰룩이는 순이의 방댕이"라는 비어적(卑語的) 표현도 긍정적으로 희화화(戱畵化) 된 새로운 봄의 경이(驚異)인 "아! 봄이다"를 공감시키고 있다. 역시 장정희 시인의 시재가 번뜩인다. 평자는 '수사학'(修辭學, rhetoric)의 방법론에 입각하여, 시작품들을 자기 나름대로 장기간 연구 분석하여 왔다. 현대 수사학은 영국 비평가 I. A. 리처드스(Ivor. A. Richards, 1893~1978)에 의해 현대시의 과학적 연구인 「Basic Rules of Reason」(1933), 「Coleridge on Imagination」(1934), Basic in Teaching : East and West」(1935), 「The Philosophy of Rhetoric」(1937), 「How to Read a Page」(1942), 「Speculative Instruments」(1955) 등, 새로운 이론들이 적지 않은 공부가 되었다. 즉 I. A. 리처드스는 시를 읽는다는 행위를 의식적으로 분석하려는 시 이론을 참신하게 구축했으며, 특히 그는 중국과 일본 등에도 체재하는 등 동양시(東洋詩)에 적지 않은 관심을 기울였던 것도 주목할 만했다. 그 이래로 필자는 수많은 우리나라 현대시를 연구 분석하며 오늘에 이른다. 이제부터는 장정희 시작법의 방법론을 계속하여 주목하고 싶다.

하루가 저물듯

우리는 가고 있다
느릅나무 가지 넘어 석양을 따라서
우리는 떠밀려 간다

길고도 먼 그림자
접어두지 못한 채
우리는 떠밀려 간다

동쪽을 향하여 길을 잡아도
어둠은 등 뒤에서
지나온 길을 묻어 버리고

발 아래 밟히는 그림자가 두려워
돌아서 돌아서
희미해지는 그림자 아래로
달려가지만

달빛 이울어
하루는 바다에 잠기고
산 아래로 묻힌다

은행나무에 걸린 황금빛 추억은
노쇠한 가로등 껌뻑이는 졸음 아래
보였다간 사라지는
파릿한 낙엽으로

쓸리어 간다

꽃들은 고개를 떨구고
바람이 쓰러질 듯 마을을 지난다

아!
강물 위에 별이 떨어져
종소리 울리고

– [우리는 가고 있다] 전문

[우리는 가고 있다]를 거듭 읽으며 유능한 시인의 기준은 무엇인가를 생각해 보았다. 평자는 시의 생명력은 서정(抒情)이 그 바탕이라고 강조하여 오고 있다. 장정희 시인의 시세계는 우리가 소망했던 참다운 리리시즘(lyricism/서정성)에 목말랐던 한국시단에 단비를 적셔주고 있다. "꽃들은 고개를 떨구고/ 바람이 쓰러질 듯 마을을 지난다// 아! 강물 위에 별이 떨어져/ 종소리 울리고"(마지막 7~8연)로 맺은 여운 속의 장정희의 그 독특한 한국 서정시는 새로운 생명력을 고양시킬 것이라고 하는 확신을 갖게 한다. 시의 기본은 리리시즘을 모체로 하는 '노래'(song)이다. 즉 '서정시'(lyric)는 '노래'이기 때문이다. 다만 이 시에서와 같은 센티멘털한 감상성은 배제해야 한다. "강물 위에 별이 떨어져/ 종소리 울리고"라는 공감각적인 귀결은 빼어나다. 화자는 하늘에서 떨어지는 별이 울려주는 종소리로써 지상과 하늘과 상호간 속에서의 인간적 삶을 우주화시키는 독특한 리리시즘의 세계를 새롭게 전개하고 있다. 지

금까지 누구도 이런 대담하고 새로운 시의 맛을 감각적으로
묘사한 일은 없었다. 시인은 시의 참다운 역동적 이미지의 작
용을 다부진 삶의 신선한 방향 제시로써 앞장서고 있다.

더욱 정진하길 기대하련다.

장정희 시집

어머니 당신은 눈물입니다

•

지은이 / 장정희
펴낸이 / 김재엽
펴낸곳 / 한누리미디어
디자인 / 지선숙

•

121-840, 서울시 마포구 서교동 395-13 서원빌딩 2층
전화 / (02)379-4514, 379-4519
Fax / (02)379-4516
E-mail/hannury2003@hanmail.net

•

신고번호 / 제300-2006-61호
등록일 / 1993. 11. 4

•

초판발행일 / 2011년 4월 5일

•

ⓒ 2011 장정희 Printed in KOREA

•

값 8,000원

•

※잘못된 책은 바꿔드립니다.

•

ISBN 978-89-7969-389-8   03810